Le Peuple

LE PEUPLE

LE PLUS SPIRITUEL

DE LA TERRE

PAR

Victor CÈZ

PARIS

IMPRIMERIE A. DUTEMPLE

7, RUE DES CANETTES, 7

—

1875

LE PEUPLE LE PLUS SPIRITUEL

DE LA TERRE

Salut, peuple, ô le plus spirituel de la terre,
Créateur de la lune, inventeur du soleil
Et des étoiles, chef du progrès en arrière,
Viens çà, que je t'embrasse, ô peuple sans pareil.

Muse, mort de ma vie : et le rouge écarlate
Et le jaune d'or pur! Puis apporte-moi *sol*
Dièze et *si* double dièze, et que la foudre éclate
Sur ta virginité si je chante en bémol !

L'Anglais est égoïste et l'Allemand est traître;
Et quel accent, bon Dieu, quel ridicule accent !
Le Français est parfait; pourrait-Il ne pas l'être,
Puisqu'Il parle français académiquement?
Ciel, que je Le révère! enfer, que je L'admire!.....

Déchiffrer l'univers, pour Lui ne fut qu'un jeu
D'*enfant;* cela si bien qu'Il ne peut voir sans rire
D'autres se dire encore : il est peut-être un Dieu ?...

Il est peut-être un Dieu ! quelle idée ingénue !
Il est peut-être un Dieu ! peut-être, oh ! la... la... la...
Dieu, mais c'est le bon vin, c'est Sa maîtresse nue,
C'est l'absinthe au café, c'est l'or... et Métella !
De la religion ! Il en faut... pour Sa femme,
Qui reste à la maison : elle n'a pas d'enfants,
Et de mari si peu ! Faut-il pas, la bonne âme,
Ou lui donner un prêtre... ou bien d'autres amants ?

Certes, en un clin d'œil, Son génie infaillible
Lui pouvait expliquer les secrets du trépas ;
Mais elle aurait trouvé Son système risible :
Donc Il siffla, Messieurs, mais Il ne chanta pas.
Il s'occupe bien mieux, et, fier en sa boutique,
Défenseur de la France et de l'humanité,
Du grand, du beau, du bon, Il parle politique.
Que c'est beau, que c'est grand ! Hein ! Quelle utilité !

Il est républicain, sinon légitimiste ;
Au fait, Il ne sait pas bien Son opinion,
Mais Il sait, au besoin, dire, quand on insiste,
« Ce que Je veux, Monsieur : La révolution ! »
Ah ! ce n'est pas qu'il soit un homme qu'Il estime :
Rouge, blanc, jaune, vert, fanatique, ergoteur ;

Mais il Lui faut un chef quelconque qu'Il l'abime
De brocards, de nature étant fort gouailleur,
Mais rien qu'aux frais d'autrui! car Il est susceptible!
Hein! le moindre sourire : « Ah! l'horrible animal!
« Renégat, assassin! Quoi! Me prendre pour cible
« A ses traits; *Moi*, pour c…ible à s…es traits! Que c'est mal! »

Or que le susdit chef soit *roi* de par la grâce
De Dieu, du drapeau blanc, faisant tout ce qu'il veut
De par *son bon plaisir*, Il dit : « Vieille carcasse
« D'avocat, passons au déluge, s'il se peut. »

Celui-là part; arrive un fier bonapartiste,
Celui qui dit : « Morbleu, sacrenom, sacrebleu. »
D'un air grave Il s'assied, et, complétant Sa liste
Des milliards disparus, rit un « Fesse-Matthieu! »
— Serait-ce un d'Orléans? — Honteuse hypocrisie!
— Alors la République! — « Moi, vouloir Rabagas…..!
« Rouher, Paris, Chambord, Gambetta, Blanc, Broglie,
« Je les souffre, mon bon; mais les croire, non pas! »

Morale. La politique est l'art, étant donné la foule,
D'héberger à ses frais tous les écrivassiers;
Et moins de temps il faut pour qu'un régime croule,
Plus nombreux les impôts, plus pleins les râteliers.

Puis il Lui faut la gloire ; Il part, *s'en va-t-en guerre*,
Et, des moulins à vent s'Il peut être vainqueur,
Il crie ; ô Jéricho ! qu'Il crie, et que la terre
De rire doit se tordre en son for intérieur !

La guerre ! un sol maudit, où, morne, la jeunesse
Donne la mort sans but, la reçoit sans espoir.
Blasphème à l'Éternel, quand l'Homme, en son ivresse,
Croit, bourreau, lui complaire, accomplir un devoir !
Caïn, maudit Caïn, qu'as tu fait de ton frère !
Assassin, oses-tu, railleur du Tout-Puissant,
Chanter impudemment : « Tu m'as donné la Terre
« Pour y semer la Mort et m'y nourrir de sang ! »

Mais s'il se voit battu ! si ses jeunes mobiles
Courent sans hésiter, ses grands chefs, ébahis,
Allument un cigare, et ces grognards viriles
Se rendent... en calèche et l'on crie : Ah ! Trahis !

Et quatorze bémols, triples bémols, bécarres !
.... Le sublime maintien d'un peuple infortuné...
.... Oh ! pendules, adieu ; partez chez ces barbares...
.... L'univers gémissant... et *Paris calciné*.

« Mais, pourtant, c'est bien moi, le grand peuple invincible
« Je suis pourtant bien moi ! Sublime cuisinier,
« Puis-je pas faire encor, cuit d'une main paisible,
« Manger aux étrangers du chien pour du gibier ?

« N'est-ce pas aussi moi, dont les petites dames
« Douces fleurs d'oranger, croquant les *Brésiliens,*
« Leur audace éhontée et leurs talents infâmes,
« Leur luxe de racroc nourrit mes citoyens?...
« Sans doute, on m'a trahi... mais il fut d'autres causes...

    « Il fallait qu'un soldat fût fier de son métier ;
« Donc, des croix, des rubans, tout de brillantes choses,
« Surtout un beau plumet, et qu'il soit officier !
« Et puis l'on dressera de gigantesques listes
« De tous les citoyens qui n'ont pas quinze enfants,
« Et de dix à soixante, collégiens, réservistes;
« Tous soldats serviront quinze mois tous les ans.
« Réorganisons donc ! Tout soldat capitaine,
« Et de droit décoré. Quant au gouvernement,
« Je veux garder chacun au moins une semaine;
« Oui, je veux en user ainsi, modérément.

    « Il faut plus d'employés dedans mes ministères,
« Car ils travaillent trop, puis ils sont trop polis...
« Les peuples que l'on voit à court de fonctionnaires
« Sont bientôt de désordre accablés, avilis;

« Si nous ne possédons des archives idiotes,
« S'il n'est enregistré sur quoi déjeûnent Jean,
« Paul, Pierre et Jacques et la couleur de leurs bottes,
« Tout est perdu, c'est clair, aux cachettes l'argent !

« Tout le monde sait bien, qu'en bonne politique,
« Si quelqu'un dit : « Bonjour, » l'État doit le savoir ;
« Ne semblerait-il pas, qu'étant en *République,*
« Chacun devrait s'inscrire alors qu'il dit : « Bonsoir. »
« Peut-être faudrait-il, *en pure République,*
« Se prosterner aux pieds de la Religion,
« J'entends : brûler soudain qui n'est pas catholique,
« Qui rit du *Syllabus,* de la confession ! »

Passons... Pour amuser le public de la ville
Abaissant son génie au métier d'Arlequin.
Le moderne Français créa le vaudeville,
Et Molière est un sot, Beaumarchais un faquin.
Français, veux-tu savoir le fruit inévitable
Du travail maladif des esprits graveleux ?
Ah ! tu ne connais pas le vice qui t'accable !...
Eh ! regarde au parterre et compte tes cheveux !
Ah ! mon pauvre Français, es-tu donc ridicule
Quand tu dis : « O la France ! ô sublime pays ! »

Comprends ta folie, et, docile à la férule,
Tiens, sers-moi ton orgueil en *repentirs bouillis.*

A mon Ami George T. E.......

DE LONDRES

George, tu vas bientôt venir en notre ville,
Crois-moi, prends soin d'avoir, pour y vivre tranquille,
Dix-huit certificats deux fois contresignés,
Et tous tes noms, prénoms en bon ordre alignés ;
Montaigne a dit : Que sais-je? et Rabelais : Peut-être !
Or, réputé vivant, tu pourrais ne pas l'être ;
Il faut donc te munir de papiers faisant foi
Que tu n'es pas un autre, ou bien un autre toi.

Alors tu pourras voir la ville enchanteresse,
Dans cet égout charmant te vautrer en liesse,
T'en fourrer jusque-là, te gorger de Paris,
Et jurer à ton tour que c'est le Paradis.

Je ne te cèle point qu'en son odeur infecte,
La fièvre se complaît, la peste se délecte,
Le choléra s'y tient, de sorte qu'il s'en suit
Que l'on y tourne au bleu dès la première nuit.
George, tu bleuiras, tu mourras, hérétique,
Ce qui fera plaisir à tout bon catholique.
Mais c'est là peu de chose, et tu n'hésites pas,
Car ton cœur généreux méprise le trépas.
Tu sais bien où trouver les parfums de la rose,
Que tout est pour le mieux, qu'à tout effet sa cause,
Et que le riche, enfin, vivant au boulevard,
Les quartiers empestés logent le communard.

Il faut t'avouer encor que, pour un quatrième,
Le plafond aux cheveux, de l'air rien qu'au septième,
Parqués cent malheureux dans de maigres maisons.....
Vingt mille francs enfin et vivre en des prisons
C'est dur... Quant aux journaux, avoir pour tout potage
Le *Siècle,* ou bien le *Temps!* Je comprends qu'on enrage.
Tu pourras voir aussi l'*Univers* de Veuillot?...
Mais si tu crois qu'il croit, George, tu n'es qu'un sot;
L'*Union,* le *Bien public,* le *Français,* la *Gazette?*...

Certes, je comprendrai que tu trouves tout bête,
Que las des lourds rebus d'un parler nébuleux,
Et repoussant du pied ces faiseurs ennuyeux,
Tu prise en *Figaro* la blague solennelle,

Quoiqu'y reconnaissant le produit d'une belle
Pourriture, aussi vrai que Blum est un sauteur,
Castellane un jeune homme et Véron une horreur ;
Tu ris ! Ce n'est pas gai ; plains plutôt la misère
Des politicailleurs, qui, ne sachant rien faire
Autre que du chantage, encor le font-ils mal,
Mourront de faim le jour où mourra le Journal.

Quitte ces noirs pensers. Réjouis-toi qu'en voiture
Tu seras à l'abri du contact de l'ordure
Qu'octroie un généreux citoyen charbonnier,
En le poussant soudain, au richard trop altier,

Que si tu vas à pied comme un bon démocrate,
Riant du gilet vert et du nez écarlate,
Tu pourras aller vite et, comme on dit : *Marcher*
Sans avoir en chemin à battre ton cocher.
Surtout fuis l'omnibus, c'est un habile piége,
Oui, crains un conducteur endormi sur son siége ;

Garde que d'un agent à sévir trop hâté
Tu ne sois brusquement, sans raison, arrêté.
Jouis, sans les critiquer, des plaisirs qui t'attendent.

Pour aller lentement tous nos railways s'entendent,
Tu verras donc en route à loisir cent hameaux
Peuplés de paysans et d'autres animaux ;

A cet amusement que le souci d'un gîte
N'ôte pas son plaisir, car dès la gare, vite
Mainte femme, voulant délasser ton esprit,
Sur ton air étranger viendra t'offrir sa nuit.
Si, bientôt fatigué, tes désirs s'assoupissent,
Voici le régime : et les forces ne finissent
Que quand la mort est proche et le cercueil fini :
Écouter tous les soirs Meilhac et Halévy.

Ici, tu pourras rire à des plaisanteries...
Je ne te dis que ça... Et puis, en des féeries
Tu verras, le coton vaut carrosses dorés
Aubaines de catins, cadeaux d'hommes tarés.

C'est à Paris aussi que fleurit l'oiseau rare
Que l'on voit affublé d'un manteau si bizarre.
Rejeton rabougri des anciens Merveilleux,
Rien qu'à le voir passer, le gamin dit : « Gommeux! »
Paris seul de son goût cultive cette espèce,
Nec plus ultra d'un peuple énervé de faiblesse.
Si tu peux désirer que l'on t'admire ici,
Entretiens du fumier, fais-toi gommeux aussi.

Alors tu connaîtras les Tatas, les Titines.
Du reste, sois prudent, chacune de leurs mines,
Et dans ces pays-là tout se paye au comptant,
Çà coûte un rhumatisme et mille écus d'argent :

« Ton gousset est garni ; je t'aime. Tiens, mon ange,
« L'adresse d'un notaire et ci l'agent de change.
« Ah ! le charmant Toto ! Va vite, mon bon chien,
« Viagères ! Mon ami, moi, va, je t'aime bien. »

Tu verras l'avenir en ce bon vieillard tendre,
Qui, pour une drôlesse hôtel Drouot fait vendre
Le portrait de son père et son dernier effet,
Puis baise en amoureux le pied d'un faux mollet.

Derrière le mari tu verras son intime ;
Mais, en cette rencontre, épargne ton estime :
L'un est l'industriel, le mari complaisant,
L'autre est le maquereau ; le *caissier* est absent.

Te faut-il des bravos, et d'amis pour la vie,
De ce que tu feras une horde ravie ?...
Tant que tu prêteras, donneras, prêteras,
Donneras, prêteras.... ah ! tant que tu voudras ;
Mais sache bien ceci, le charmant parisite
N'aime que le soleil et n'est que satellite.
Sache qu'il te dira, quand tu seras ruiné :
« Gil Blas de Santillane, adieu, j'ai bien dîné. »

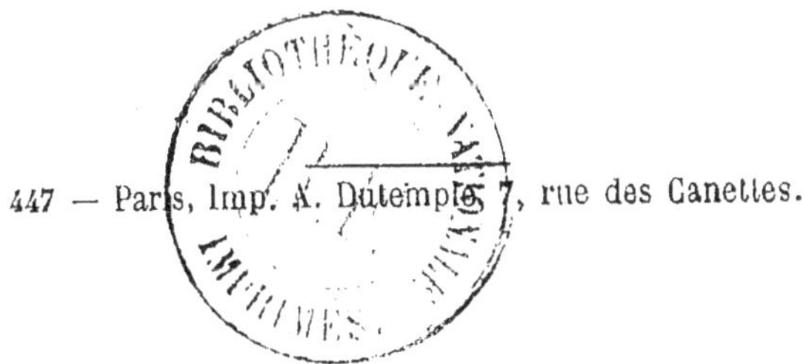

447 — Paris, Imp. X. Dutemple 7, rue des Canettes.